この不完全なるものを

小谷 幸恵
Yukie Kotani

文芸社

恐縮ですが切手を貼ってお出しください

1 1 2 - 0 0 0 4

東京都文京区
後楽 2－23－12

(株) 文芸社

ご愛読者カード係行

書　名					
お買上 書店名	都道 府県		市区 郡		書店
ふりがな お名前				明治 大正 昭和	年生　　歳
ふりがな ご住所	□□□-□□□□				性別 男・女
お電話 番　号	(ブックサービスの際、必要)		ご職業		
お買い求めの動機 1．書店店頭で見て　2．当社の目録を見て　3．人にすすめられて 4．新聞広告、雑誌記事、書評を見て(新聞、雑誌名　　　　　　　)					
上の質問に 1．と答えられた方の直接的な動機 1.タイトルにひかれた　2.著者　3.目次　4.カバーデザイン　5.帯　6.その他					
ご講読新聞		新聞	ご講読雑誌		

文芸社の本をお買い求めいただきありがとうございます。
この愛読者カードは今後の小社出版の企画およびイベント等の資料として役立たせていただきます。

本書についてのご意見、ご感想をお聞かせ下さい。 ① 内容について ② カバー、タイトル、編集について 	

今後、出版する上でとりあげてほしいテーマを挙げて下さい。

最近読んでおもしろかった本をお聞かせ下さい。

お客様の研究成果やお考えを出版してみたいというお気持ちはありますか。
ある　　　ない　　　内容・テーマ（　　　　　　　　　　　　　　）

「ある」場合、弊社の担当者から出版のご案内が必要ですか。
　　　　　　　　　　　　　　　希望する　　　希望しない

ご協力ありがとうございました。

〈ブックサービスのご案内〉

当社では、書籍の直接販売を料金着払いの宅急便サービスにて承っております。ご購入希望がございましたら下の欄に書名と冊数をお書きの上ご返送下さい。（送料1回380円）

ご注文書名	冊数	ご注文書名	冊数
	冊		冊
	冊		冊

奈落の底から呼ぶ声が
朝も夕べも消えない
いっそ　飛び込もうとも思うけど
ガケの淵で迷うだけ
闇が明けたら歩かされる
鎖をひくのは誰？

不完全なるもの

セーター

空気

ファンタジーの世界

憎むということ

日曜日の朝はやく

高速道路

冬の田んぼ道

愛する人の涙

太陽の力

ふわふわなもの

日なたと日陰の境界

完全なるもの

絹の肌ざわり

海に沈む夕日の音

コーヒーの匂い

睡眠と目覚め

愛する人の笑顔

万有引力の法則

砂に埋まったピラミッド

井の中の蛙

おしゃべり

砂場世界

水

ひらがなのバランス

一年のサイクルを繰り返すたびに、
内に生えたカビは増えて。
その存在に気付いた瞬間から、
そのピッチは急に上がった。
カビに覆い尽くされて腐るのを待つだけ。

こすって、こすって、洗い流そうとしても
それには一苦労あるのだ。
その時すでにその体力はない。

私の前には下り坂しかない。
おちてゆくだけ。その先は地獄
信仰も医学も友人も無意味なのか。
何にも愛をもてず無関係に私はおちてゆく。

冒険をする夢ばかり、
実質の冒険する力をもたない。
いや、力は残っているはずだ。
見方、状態のせいだけなのだ。
必ず辿りつく場所はあるはずなのだ。

非現実の心地よさに慣れているだけ
現実のたのしみが欲しかった。
これからでも得られる。

このからだと、少しばかりの良心とコトバ。
他に何を望む。充分なんだ。

空っぽの頭で哲学したところで進めない。
"生きること"だけが私のテーマ。
生きる＝？？　愛すること、愛されること、
楽しむこと、哀しむこと、
もうそれ以外にはない。

失ったものが多い気がする
何も失っていない気もする
友だち、ことば、感覚。
怒り。資本主義。
失ったのか、手に入れたのか、
もともと只だ存在しているものなのか
立ち止まると、もう歩き方を忘れている
流されることになれ、泳ぎ方を忘れていた
感覚もしだいに消えていくもの

走る雲　ちぎれからまってころげながら
走ってゆく　駆けて　駆けて　苦しんで
その先に何があるの　辿りつくその先には
楽園があると　誰かそう言ってください

いつから顔におしろいをつけはじめた？
その唇に赤をぬるようになった？
そうして仮面をつけて、やわらかな頬を
精一杯まもっている　でも　本当は
仮面の要らないところへいきたいんだ
探しても探しても入口がない
光の先が見えないよ

目を閉じて　耳をふさいで　手を縛って
それでも　感じるその光の方へ　歩こう
一番行きたい場所は　その先に　あるのだと
信じている

堅い堅い夜の毛布に包まれ
息もできずに震えている
夢を見ることもできずに
不安だけを探して暗闇へと落ちていくんだ。

堅い堅い風が絡みつく
私の内側までも痛めつけて
風は通りすぎていくんだ
美しい草原を美しいと感じることも
もうできなくなってしまった。
すべて、氷のように冷たく鋭い
触れることもできない

欲しいものは、やわらかな風と、
温かい毛布だった。
それなのに　私を包むものは
堅いものだけだった

2・15

黒い天使がおりてきた　どうしてどうして
わたしをどこへつれていくの
赤い目はなにもこたえず　わたしを笑うの？
幼い頃した、あの小さないたずらを
天使はおぼえていた
いまになってわたしは　その罰を
受けようとしている
雷に撃たれ　太陽に灼かれ
そして消える瞬間にも
わたしは赦されなかった

正しいことは辛いこと
あなたの正しさが私の肉を刺す。
そして自分可愛いさに逃げ出した私を、
愛はもう見離した。戻ることはできない。
強いことは悲しいこと
その強さゆえに愛に近づけない
次の愛を求める強さは　悲しい強さ
泣く涙をあたえられぬ悲しい人
いとしい人

　　　　　　　　　　　　　2・16

この血もこの肉も凍っていくんだ。
骨までも凍って、すべて固まる。
感覚が無くなって　目を閉じて
すべてが消えゆくのを　静かに待つんだ。
おだやかで恐ろしい時間を
じっとじっとやり過ごすの
砂浜のような嵐のような　静寂と乱舞の中で
子猫は骨まで凍るのを　じっと待つだけ。
そこに見えるものは何？
その目は私を通りこして貫いて
はるかな楽園へと向いているのだろうか

　　　　　　　　　　　　　2・16

This emotion I got in one night
Should it fade away？ May I hold it？
不思議なフシギな恋なのに
冷静な心臓が語るものは何？
だけど目をとじたら浮かぶんだよ
ゆうべの色が　ひとときの幸せな色
もう一度あの温もりが欲しい
でも　あきらめるべきかもしれない

        3・18

美しくなっていく。
眩しいほどに輝く君の目が
桜のような春の頬が
君のつくるすべての影が愛しかったのに。
すべてを失った僕だけど
素敵な自由を手に入れて
ポケットに手をつっこんで歩き出す。
ありがとうでおわる恋なんて
本当の恋じゃないんだよ。
美しくなってゆく君がもっといい恋を
するように、寂しいけれど祈っているよ。
すべては君のためにある

       2・16

その時だけはキレイだった。
あの人も私も美しいだけだった。
そのあとのことも、昔のことも何もなく、
ただ煌いていたんだ。
光が消えたあとの私たち、
またいつもの雑踏に溶けてしまった。

        4・1

悪い女に憧れて
少しずつ少女の殻を破り捨ててきた
殻から抜け出して見えた世界は
鮮やかすぎて恐いんだ
霞に包まれたままの世界で生きられたのかな

いくつかの恋を超えて、冷めた恋を覚えて、
苦しまない恋を覚えて、
でもあの頃の私の　痛みは消えないんだ

　　　　　　　　　　　4・1

気持ちの変化は単純なこと。
でもお互い伝えることが複雑怪奇
いろんな伝波が飛び交って、
違うところから変な伝波がやってくる。
まったく困っちまう
運命だと思ったら、何としてでも守りぬけ
伝波いくつもいくつもとばして受けとって、
どこまでも一緒に生きるのヨ。

4・2

１０進法は指の１０本から生まれ、
２進法はきっと、左右対称のからだ、
２本の手、足、２つの目から
生まれたのだろう。
６０進法を考えた阿呆はどいつだ？
こんな数字の観念も
世界中でバラバラそれぞれ。
地球を抜けたら、数そのものに対する
認識もきっと違うだろう。

　　　　　　　　　　４・２

一本の糸が天からおりてきて、
地球とつながった。
また一本また一本と糸は増える。
この地球は恵みを受けるのと引き換えに
操り人形にならねばならない。
細い細い、でも数えきれない束縛を、
静かな悲鳴で受け入れる。
あめ(雨)はあま(天)からきたのかな。
あま(甘)からきたのかな。
天からの甘い愛。
空を見て口をあける。
雨が甘いって　知らなかったよ。

　　　　　　　　　　　　4・18

やわらかいひこうき雲が水色に突き刺さった
少し前の雲はもう水色に負けて，
もうすぐふわふわ消えていくね
あたらしい雲は自分の運命をしらないけど
しらないから
やわらかな強さだけでそこに刺さっていく。
決してうしろは見ない。見なくていい。
自分の今の強さだけ，美しさだけを、
しっていれば
いいのかもしれない

4・9

何万年の時間をかけて出来た亜大陸には、
どう頑張ってもなじめない。
その血がないとなじめない。
でも、人間同士は、
はじめから他人。血もバラバラ
歴史だってたいした時間じゃない。
だから　何が起こるか解らない。
離れる血　合わさる血　吹き出す血
小さな世界の、たくさんの宇宙のなかで、
どろどろに絡み合って生きる。
どろどろであってこそ、生きる甲斐が
あるのでしょう
　　　　　　　　　　4・22　授業中です

楽しい楽しい待ちわびた遠足の朝へ、
この夜がつづくとは、
つながっているとは，とうてい思えない。
一度眠って、この夜を中断しないと、
楽しい朝にはならない。

       4・18

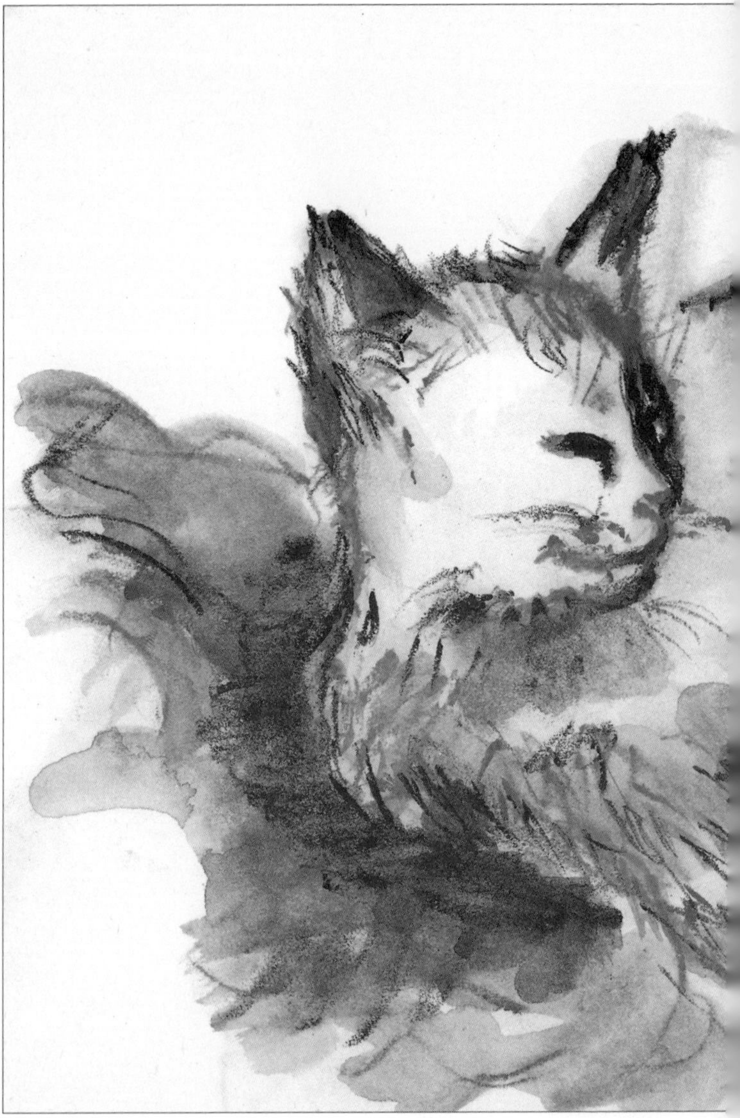

18.8.00

こっくりこっくり　となりで眠るあの子
退屈で不思議な教室の隅で
この子はどんな場所を泳いでいるのかな
となりに居(すわ)ってたって遠い
遠くにいたって近い
この世界はいったい科学ではつかみきれない
何をもってしてもつかみきることはできない
だから、誰もが失敗者で誰もが成功者。
見えること、聞こえること、
触れること、匂うこと
すべてが信じられないし、
すべて信じてもいいんだよ。
こっくりこっくり　私も眠いけど。

　　　　　　　　　　　　　4・22

目はとじる　耳もとじる
見てはいけないもの、聞いてはいけない声
大事な玉を守るために　見ないし聞かない
息を止めて、その匂いを嗅がない
命の玉
ざらざらで　ひび割れて　べったりと汚れて
でもまだ大丈夫。
磨いて磨けばまた輝く
大事に包んでもう割れないように
たまには暴風にも曝すけれど。
そのうちに、
目をあけて　耳を澄ませて、大きく息吸って
歩けるようになるだろう。

　　　　　　　　　　　　4・22

いらいらイライラ。
いろんな人にいろんなことに。
そんな日は、長いお風呂と香水で
うまくやり過ごせるはずなのだけど。
今日は何も効かないし、努力もしなかった。

ロレンスの言うことが分かって、
友達の言うことがつまらない。
旅行の計画が思い浮かんで、
せまる試験を考えて、明日の準備した。
でも何も生まれてこない。
誰かと触れ合った日にしか、
好きな言葉は生まれない。

一人の時間を楽しめるような　大人に
なりたいけれど　なれなくてもいい

今日は思い出に残らない一日
ずっと忘れてもう二度と
思い出すことのない日

おやすみなさい、
少しだけ愛しい人。憎い人。

5・22

70℃のお茶を飲んでも平気なのに。
50℃のお湯がアツイなんてどうして。
カラダは不思議
硬いところとやわらかいところ
鈍感なところ　敏感なところ
不思議であたりまえ、
理解できてしまうことのほうが
こわいこと。

　　　　　　　　　　　4・29

あの子は　私の考える、私の好む
うつくしさの中にいない
うつくしさを理解しない
だから、好きになれません。

あの人は　私のいる世界とそっくりの
宇宙の中である部分生きている
それで、少し愛していたのです。

　　　　　　　　　　6・29

このまちの人と　生きていくための
大事なものがありません。
叱られることなどしていないつもりが、
ぼんやりしてたら。
やはりうまくこの世を渡っていくことは
できないのでしょうか。
常識とはそんなに大事なものですか。
個性、個性というけれど　何が一体
欲しいんです?

　　　　　　　　　　　6・8

狂っている　おまえも狂っている
狂った現実の中で　生きるための支えなど
信用できるものですか
誰の内も　理解するつもりはない
信じることのできない私を、
愚か者と呼ぶおまえ
成長せよとのたまうあなた
どこへ向おうが　行きつく先は地獄である
だからここでうずくまって
時間を止めようとあがく
愚か者と笑えばいい
狂った私を　狂った者よ

　　　　　　　　　　　　7・20

この街の表面は堅いもので　覆われている
だから雨音が哀しい
やわらかな土に奏でる音は
優しい優しい愛の音
そうだ、愛とはこんなにもシンプルなこと
ふたつの美しいものが　触れること
醜いものが出会ったところで
何が生まれよう　罪である
この街は天からの愛を　拒否しています
私も今日は何も　受け入れられずに
目を耳を体をすべてを　閉じているのです
醜いことです

　　　　　　　　　　　　7.11
　　　　　梅雨が最後の力をふりしぼる

このごつごつの手を指先を　愛せないなら
何をも愛することはできないでしょう
このひび割れた爪は私自身
すべてのものはこの指を通して
私と繋がっている
個体と全体とはひとつの点で
結びつくのだから
その点の存在を否定するなら、
個は孤としてしか存在できないのだ
棲むこの世界を愛すなら
まずこの指から始めよう

　　　　　　　　　　　8・17

自然の姿と心では、
生きてゆくことはできません
自然の自分を殺して殺して
人工物とならねば
生活できないのです
つくり笑いの私をあなたは誉めた
私の偽善をあの人は喜んだ
好いてもらうために　自然を捨てて
気付くと空っぽになり
安物の鎧だけになっていた
鎧から発するコトバだけで
生きていくのです
意志、個性などというものは
もう消えているのです

　　　　　　　　　　7・20

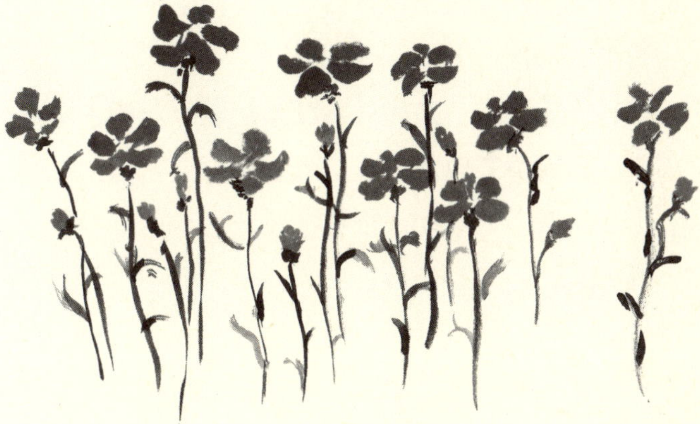

もう二度と歌えないメロディを口ずさんで、
時をとめた
美しい旋律に　このくちびるが歌った響きに
ずっと浸ってみた
ナルシストでなかったら
通りすごしてしまうこと

忘れてしまうことの哀しさをようやく考えた
幼い頃感じたもの達は　忘れ去られて何処へ
行ってしまったのでしょう

今日は振り返ってばかりの日。
不安なときはこんな風なのです。

　　　　　　　　　　　　　8・17

あなたに出来ないことは
たったひとつだけなのに
そのひとつだけに心奪われて
何も進めることができなかった
それに気付く度に　もうこれで変われると、
進めるのだと　喜んだのに
やはり、そのひとつから
目をそらすことができないのです

9・17

8月　夜明けのオリオンを追いかけながら
やり過ごした時間
小さな小さな流れ星が
ゆっくり左へ左へ進む宙
逃すまいと目を凝らした、この星の上の私
あまりに単純な関係
ひとつの星とひとつの私
ちょっと気を抜いたすきに星は
ふっと消えてしまった
残ったのは星より大きな　大きな私だった
　　　　　　　　　　　　　　8・17

いろいろな愚痴を聞いてきて、
醜いことだと思ったから
何も口にしないことにした
少女の頃の決心が　今の私を苦しめるのだ
みっともないことは　大事なことだったのに
今さら何も言えない
感情の出口をふさいだまま　大きくなって
こんなにも腫れあがってしまった
腫れあがった体を
必死になって押さえつけながら
冷や汗にまみれて歩いている
見よ　これが最も愚かなる者の姿だ

　　　　　　　　　10・28
　　　　　　　それでも生きる

時だけは平等にある？　そうではない
時の流れる速さは場所と人によって
全く全く　ちがうのだから
何ひとつ平等ではないということ
それこそが救いなのです

　　　　　　　　　　　　　　　6・4

あなたの強烈な自尊心を　知っていました
あまりに激しすぎる熱情から
かえってあなたは冷静にみえた
あまりに純粋なプライドをお持ちだから
何故か何時の間にか
ひ弱な程になってしまったのでしょう？
あなたはこの社会で生きるには　あまりにも
堅く、もろく、空洞な生きものでした
びいどろの様です　あれはもろすぎます
お別れをいうにあたって
あなたの嫌がることは言わない
あんなに恵まれていたのにと
誰が言おうとも
あなたはいつも絶望の中にいた
これでよかったのです
あなたにこれ以上生きることは
どだい無理だったのです

10・29
最も愛しい人

あの人よりは　綺麗なのだと
勝手に思い込んでいたのです
そして　愚かなことにツンとすまして歩いて
得意になっていたのです
気がつくと　何もかも失っていました
暗い暗い谷底から見えたのは
少しずつ成長している
ささやかなあの貴人(ひと)でした
あの貴人への悪口も
あの貴人との曲がった友情も
情けないくらい　私自身に
のしかかっていたのでした

謝罪など毛頭する気はない
このままの醜い姿と心で
生かさせてもらいます

　　　　　　　　　　　10・28

こんなに複雑かつ情熱的な想いを思考を。
コトバにすると明解、
沈着冷静な思想にすぎないなんて。

なんという虚無なんという無気力
それなのに肉体だけが卑しく健やかだなんて

なんて理不尽な愚かしい絆
それでも絆が世の中をうごかしている。

そんなに簡単に解ける問題なら、
どうしてこしらえたんですか。

早く出ていってください。
あなたがいると何もする気がおきない。
この世は私のものです。

　　　　　　　　　　10・31

無意味な日々

真夜中にサングラスかけて
目を凝らしてみつめてた。
半分まで読んだ本ばかり積んで
私は死んでしまった。
一個しかない私のすべてについて
考えていたのに、一般論に片づいてしまった。
今頃になってやっと、
あの時のことばの意味に気づいた。
片付かない机の上を毎日にらんでいるうちに
試験は終わった。
誰の励ましも無視しながら
悪口と批評を待っていた。
悪口を言い合った後にしか
真の関係はないと思っていた。

この途方もない夜の長さよ
恐ろしき単純な退屈な暗闇の中で
思い出も恋も未来も
すっぽりと包まれて　そして潰れていくのだ
鉛のような夜は夜そのものが
何者よりも強く
一瞬にしてすべてを恐怖に包みこむ
もう朝などこないような
永遠の重くどす黒い闇のなかにいる

大好きになりたい人達から　遠ざかったのは
結局深く繋がれないことが、怖かったから
孤独であることから逃れようとして
辿りついたここは
名実ともに本当の独りぼっちなんだ
狂いそうな程の孤独に浸って
楽な涙を流して　それで得たものは
これが愚かなる者のかたちだということ

癒しなどしないでください
苦しみぬかなければならないんです。
そのままでいいなんて言わないで
変わらなきゃ生きてゆけないのに。
助けて助けてと体はもとめるけれど
どうしてか　ますます
私は私を痛めつけているのです
どこまでもどこまでも
俗悪に醜くなってゆくのです

12・23

冬の森は　絵の具を吸いとったように
しぼんだ色をしてた
本当ならあなたと並んで
あたたかい道になるはずだった
投げた小石は、薄い氷を割って小さな池に
沈んでいった

冬の森を　色えんぴつでかいたら
妙に鮮やかで私は　困ってしまった
誰かが置いた古い古いベンチに寝ころんで
空へとおちてゆく
糸で繋いだように鳥が
空の上をおよいでゆく
漂いゆく枯葉よりも小さな点の集まり
何もかもに満足できるけれど　唯(た)だひとつ
私の中の糸が
切れてしまっていた

1・4

やっとわかったこと。僕は天才じゃなかった
僕はただの愚か者だった
だから少しずつ進んでいかなければ
前には行けないってことなんだ
それからおもったこと。
もし僕が天才だとしても
少しずつ歩いていくことだろう
能力(ちから)を誰かさんと比べたりしないで
黙々とギフトを生み出していくことが
大切だってことなんだ

　　　　　　　　　　　12·23

メッセージを伝える手段として
話す、書く、描く、歌う、触れる、
表情する、踊る、もてなす
触れることだけを残して、
すべて大量生産ができてしまう
触れることだけ残して

何も言葉が出ないときには
言葉になど出来ないときなのです
何も描けない時には
絵の具ではかけない色だからです

私に触れて、あなたが表情する
あなたのことばに私は目を閉じる
私の熱をあなたはさらに熱くする
あなたは私を磨き、私はあなたを温める

私に触れて、あなたは表情した
あなたのことばに私は目を閉じた
私の熱をあなたはさらに熱くした
あなたは私を磨き、私はあなたを温めた

1・15

用意周到に固めていた完全なる理論が
あなたの一言で崩れ去った
負けまいとして組み立て直すけれど
必死のノートは
もう使いものにならない
失意の底におちてゆく私の横で
あなたは子猫の目で覗きこんだ
仕方なくめちゃくちゃにしゃべりつづけた
あなたは鯨みたいにほほ笑むけど
こんな私を愛してほしい訳じゃない

あなたが壊してしまわないように
私は長い長い手紙にして
あなたに送ることにした
長くなるはずの手紙は　3行で止まった。
もうあなたに伝える方法はないようだ

1・15

限りなく続く　井戸の中へ
堕ちて　堕ちて　堕ちてゆく
その恐ろしさに涙しながらもどこか
髄の奥で　安堵のため息

真暗な井戸の夜に　キラリと
光る糸をみとめた。がむしゃらに
生きるために　汗かいて上へ上へ
やはり生きたいのだと
やはり望みを捨てられないのだと

穴ぐらの泥と臭いにまみれた涙顔で見た
地上の世界は　鮮やかすぎて眩しくて
あまりにもくっきりしていた
体を洗って街を歩き出す僕は
やはり怖がりながらも
街に溶けていこうとしている
明日のある生きもの

　　　　　　　　　2・7

あなたの追いかけているものは熱であります
恋に近い熱です
でも決して愛ではないのですね
私とあなたのあいだにもいくらかの
熱が生まれたけれど
私が感じ始めたとき
あなたの熱は忽然と消えていた

胸を小さく締めつける　囁きかたを
今になっても　私の奥にしまっているのです
小さな小さなこの火を
消そうとしてもためらうばかりで
せつなさに泣かされながらも
私を温める唯(た)だひとつの灯かりなのです

あなたがいくつもの熱から
本当の愛をさがしだすのを
見守っているから　そして願わくは
それが私の熱と重なり合うこと
愛しています

1・30

ふたつの愛しいものを
どちらも手に入れたいのに　認めない
天使は認めない
遠くに輝く大きすぎる星と
手をのばす先のキラキラ光る石と
どちらって　わからないくらい同じよう
どちらって　決められやしないのに
邪悪な天使は　砂時計で迫る。
仕方なく私は　小さな石に手をのばした。
そのとき星は　息絶えて
暗闇の中には、石と私だけがぼんやり光る
天使が笑っている

　　　　　　　　　　　　2・7

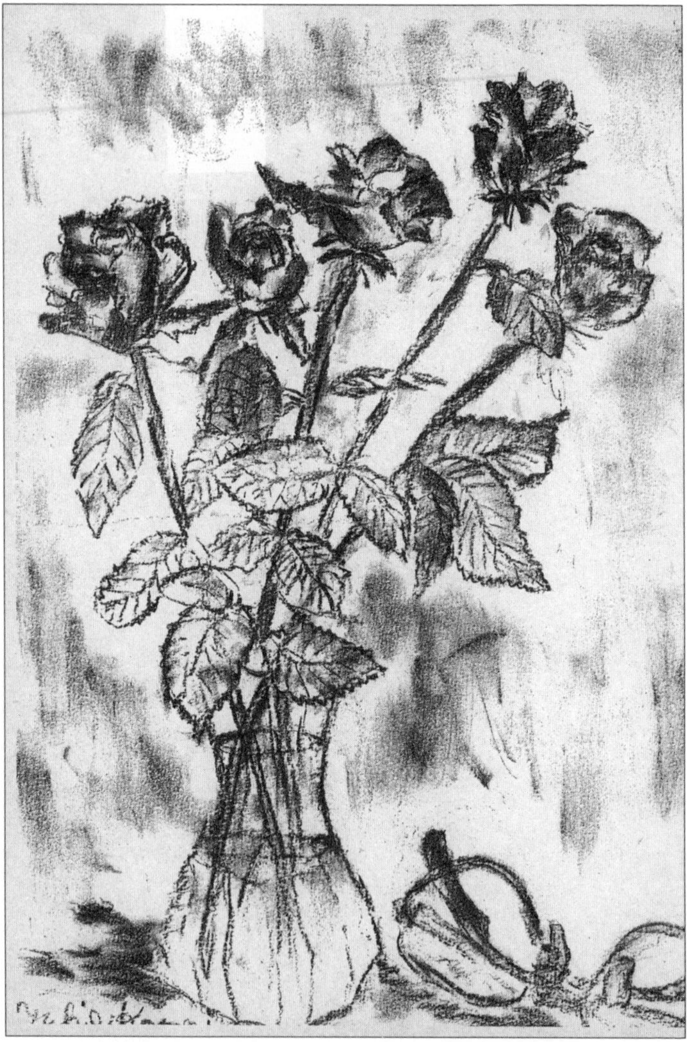

あなたは、じっと私を見つめたり
あの写真に目をそらしたり、うつむく
その度に全く違うあなたが生まれては死に
死んでは生まれた
重力に逆らって存在するこの部屋で
澄んだ寒さのこの部屋で　あなたとふたり
ちびりちびりと話してゐる
私たちを温めるものは　あなたご自慢の
このお茶だけですね

　　　　　　　　　　　　2・20

紅い紅い色をつけたくちびるを
恥ずかしいと思う日々から
すぐに抜け出せるものと思っていた。
キュッと結んだ姿でさっそうと歩く
そんな生活は　まだまだ遠いのでしょうか

向かいに座った女が、サラリと
煙草の火を消して　スッと歩きだしました
私はまだまだ座ったままで
そこに居つづける

　　　　　　　　　　　2・17

このさりげない心遣いこそが
愛の本質でありましょう
差し出された、気取りのない珈琲が
私の唇から全身に浸された一瞬です。
忙しさに戦うあなたが、どうして
この怠け者に　心注ぐことができるのか
私には分かりっこないのですね。
　　　　　　　　　　2・22

素敵で汚れた恋人が
膝を重ねて向い合います。
すこし疲れた寝起きの顔で
うつむきながらほほ笑み合うのだ。
昨晩の雨が二人をそうさせたのでしょうか
しばらく　しばらくの間
二人は素敵にじゃれていた。
ふたつの膝が　愛し合うのでした。

　　　　　　　　　　　2・20

あの失格刻印の私が見た川面と、
失格でないとする私の見る川面と、
視覚は同じなのに
いまはなんという清々しさ。
この先も生きるとして、
いつだって苦しみのあとには
この清々しい美しさを
知ることになるだろう。
そしてなにかを　愛していられるのだ。

　　　　　　　　　　3・8

赤・黒・黒・赤があまりにも健やかに
可愛いらしく　てくてくと歩きます。
新しいランドセルにはげたランドセル
カタカタと。
ほかほかの朝をすませ、髪をとかして
向かうは初めての社会生活。
その傍らで私は、夕べのままの
くたびれた肢体もて　のろのろと歩く。
ああ、なんという、なんという隔たり。
あの子らに近づくこと自体、
罪なのでしょうか。

　　　　　　　　　　　3・8

誰もが足早に通り過ぎる雨の日
男は荷台に仕事道具を、素手で積み上げる
雫にぬれたジャンパーの肩も、
冷たいドアもものともせず、乗り込んだ
ふと目を離したすきに、もう去っていた男
働くということは、飯を喰うということは
こんなにも力強いことだった。
もう会うはずもない、ただの男だけれど。
　　　　　　　　　　4・20

こんなにも辛い人たちのいる世界で
中途半端な苦しみを味わっただけの私が
さも悩ましげな顔で　歩いている
私の、私の小さな苦しみなど　何の、何の
売りものにも　ならないんです
このあさましい俗物を　どうか赦して

　　　　　　　　　　　　　4・3

私は誓う
楽観的である勇気をもつことを
信じる勇気をもつことを
世の中を知らないと冷笑されようと
ピュアな人間だとなめられようと
私は私の誓いにのみ従い
無言に真直ぐに前を見つめる
汚らわしい精神と肉体とを
この誓いでかろうじて励ましながら
歩いてゆくのである

      6・12

ストイックに、ストイックに生きている
あなただから、あの人を信じすぎていた
あの人は少しも高潔でない、いわゆる
自由人なのです。奔放なのです。
あなたは　その清らかさでもって
あの人を信じてかかった。
切り裂かれてしまったあなたですが、
そのきらめくプライドはますます輝いて
いるのでした。

　　　　　　　　　　　　6・12

死ぬということは、壮絶な苦しみのあと
肉体の朽ち果てることをいう
自然の死期であってもあの苦しさよ。
この堅さよ。この、この涙よ。
長い長いあいだの潤々しいほほ笑みよ
その眼が、その口もとが、
今はもう堅まってしまって、
私はその堅さに耐えられない。
時間を戻せないということは、本当に。

7・12

やはり岐れみちは
小さなひとつの点なのだった
アンバランスに片足で　その点の上に立ち
今ふたつのみちを　見ることができるのだ
選ぶ余地などない
何かを愛すると　生きるのだと
決めた自分なのだから
刻々と針はすすむ
バランスを失う前に　動き出さねば
ならないのです

　　　　　　　　　　　　　　8・20

みぃみぃみぃみぃ
帰っておいで　もういちど
やわらかく、目をひらいて　もういちど
はたらきつくさなければ
眠ることはできない

汗をかかないのに酒をのんではならない
話したことのない人の悪口などありえない
きれいきれいな人ほど汚い
そういうことなのかな

みぃみぃ　みぃみぃ
絞り出すように　生きるんだね
みぃ　みぃ　みぃ　みぃ
おやすみなさい

　　　　　　　　　　8.20

バランスというものは、何て何て
完璧なるものなのでしょうか。
たとえば女の体というもの。
それぞれの心地よいバランスのなかに
磨かれていくかたち
たとえば街の雰囲気というもの。
大地から芽が出るように、街並みは生まれ
バランスを保ちながら、変わっていく
たとえばあの人の笑顔。
出会った人。泣いた事。誰かの優しさ。
驚き。すべてがあの人の顔をつくった。
あの人だけのバランス。
何もかもが完璧な宝物だと、
思いたいのです

7・31

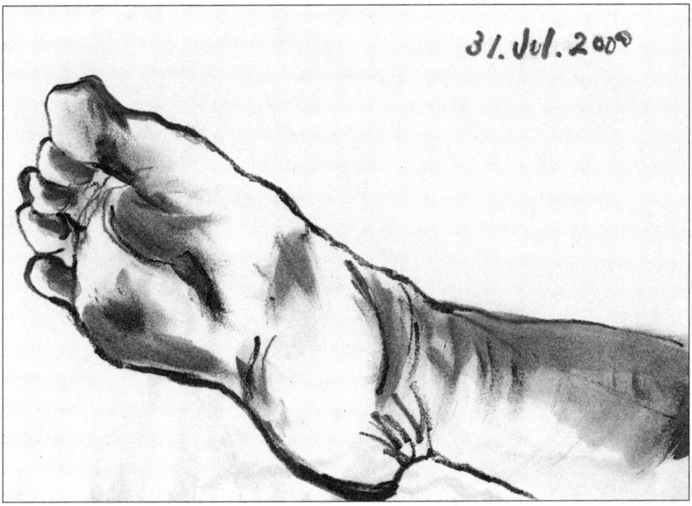
31. Jul. 2008

私に詩というかたちを与えてくれた、
友人に感謝します。

著者プロフィール

小谷 幸恵（こたに ゆきえ）

1977年11月、愛知県春日井市王子町生まれ。
20歳から詩を書き始める。
宮崎大宮高等学校卒。
早稲田大学文学部英文学専修在学。

　

この不完全なるものを

2000年12月1日　初版第1刷発行

著　者　小谷幸恵
発行者　爪谷綱延
発行所　株式会社文芸社
　　　　〒112-0004　東京都文京区後楽2－23－12
　　　　電話03-3814-1177（代表）
　　　　　　03-3814-2455（営業）
　　　　振替00190-8-728265

印刷所　株式会社フクイン

乱丁・落丁本はお取り替えします。
ISBN4-8355-1118-2 C0092
©Yukie Kotani 2000 Printed in Japan